Coordinador de la colección: Daniel Goldin
Diseño: Joaquín Sierra Escalante
Dirección artística: Mauricio Gómez Morin

A la orilla del viento...

Primera edición en francés: 1996
Primera edición en español: 1999

Título original: *Un pacte avec le diable*
© 1996, Syros, 9 bis, rue Abel-Havelacque. 75013. París
ISBN 2-86738-894-5

D.R. © 1999, FONDO DE CULTURA ECONÓMICA
Av. Picacho Ajusco 227; México. 14200, D.F.

ISBN 968-16-6036-6

Impreso en México

Para Laurence

Un pacto con el diablo

Thierry Lenain

ilustraciones de Diego Molina
traducción de Rafael Segovia Albán

FONDO DE CULTURA ECONÓMICA

Es olvidar que tú no estabas para nadie y que nadie estaba allí.
RENAUD

◆ ANTES, yo sólo leía libros para niños. Por mi edad. Ahora tengo doce años, así que leo también los de mi papá. Bueno, no todos..., compra algunos que no tienen gracia. También están los que tienen su lugar en la última repisa, hasta arriba. Ésos no tengo derecho de tocarlos... Al parecer son libros para adultos. Porque yo ya no soy una niña, pero tampoco soy gente grande. Estoy entre los dos.

De cualquier modo, los libros para niños ya no me gustan tanto. Casi siempre nos tratan como bebés. Y no son como en la vida real: siempre tienen final feliz. Como en las películas de amor de la televisión: siempre acaban dándose un beso. Pero en la vida de verdad, que no es cosa de película, no es así para nada. Mis padres, por ejemplo. Al principio, vivían juntos y también conmigo. Luego, se divorciaron. Me quedé con mi mamá. Hubiera preferido a papá, mas nadie me pidió mi opinión. Bueno, no era demasiado grave, porque de cualquier forma quiero mucho a mamá. Pero la cosa no paró ahí: ella se volvió a casar con alguien a quien yo ni siquiera conocía. Para ella, era una hermosa historia de amor. Para mí no. No podía soportar a aquel "papá postizo", como quería que lo llamara. Se iba a quedar esperando. Para empezar, era más bien feo, y además no era mi papá. Así que yo lo llamaba Elnopapá. Y era horrible vivir en la misma casa que él; eso sí que no era un cuento para niños.

Las noches en que me sentía muy infeliz, pensaba que todo eso era porque yo estaba viviendo un capítulo malo, y que en el último todo cambiaría. ¡Valor!, sólo unas páginas más y *el Zorro* llegaría...

Conocí a un muchacho. Se llamaba David. Él tampoco vivía en un cuento para niños. O quizá le faltaba el último capítulo. Porque David se divorció de la vida. Y en esos casos, uno no se vuelve a casar nunca. ◆

◆ ERA UNA noche de tormenta. Con truenos y rayos como para ponerle a uno la carne de gallina. Si mi madre hubiera llevado faldas, me habría escondido en ellas. Pero sólo usa pantalones. Cree que sus piernas no son bonitas.

Tormenta afuera y también adentro: a Elnopapá le atormentaba justamente un dolor de muelas. Lo había puesto de un mal humor insoportable. Hacía rato que lo veía dar vueltas por la habitación agarrándose la mandíbula. "Pronto va a caer por su propio peso…", pensé. Encendió la tele.

No pude contenerme y le dije:

—Es peligroso encender la tele cuando hay tormenta.

(Lo había leído en el periódico esa misma mañana.)

Le bastó con girar sobre sus talones para soltarme una bofetada.

—¿Por qué esta niña se mete en lo que no le importa? —gritó.

Mamá trató de intervenir:

—¡René, por favor!

Se pelearon. Yo subí las escaleras sin decir nada. Me había lastimado. Me mordía los labios para no llorar: no quería darle ese gusto. Sólo cuando cerré la puerta de mi cuarto dejé correr las lágrimas.

No lo pensé mucho. Saqué mi mochila del ropero, la pequeña, la que uso para salir a pasear por la ciudad. Es rosa con tirantes azules. Metí el osito de peluche que cargo desde que tenía tres años, mi *walkman*, tres o cuatro casets, mi pluma de tinta roja y mi cuaderno de secretos, los aretes que papá me regaló en Navidad, el lápiz de labios de Carola, y... eso fue todo. Me puse mi chamarra, mis tenis anaranjados, la mochila: estaba lista para irme a casa de mi papá y quedarme a vivir ahí para siempre. Decidí que no esperaría al *Zorro* para conocer el último capítulo. Prefería escribir el final yo misma, por si *el Zorro* se hubiese retrasado.

Me hice una cola de caballo y me recosté en la cama, esperando que subieran a acostarse.

Casi me dormí de tan tarde que se quedaron viendo tele. Cuando pasaron frente a mi cuarto, los oí reírse. Se habían reconciliado, y al parecer se le había quitado el dolor de dientes al loco ése. Seguramente por la bofetada que me dio. No se detuvieron. Les importaba un comino la niña en la cama. Bromeaban, y me parecía ver a Elnopapá tronándole besos en el cuello a mamá, como hace siempre. Eso me da asco. Me pregunto cómo puede dejar que la bese con esa horrible boca mostachuda...

Escribí un recado a la carrera, para que mamá no se preocupara demasiado. Acabé con un: "No estés triste. Vendré a verte seguido. De todas formas te quiero". Lo dejé en un lugar bien visible encima de su escritorio. Y me fui.

Cuando estuve afuera, lamenté no haber pensado en tomar mi impermeable portátil porque todavía estaba lloviendo. Bueno, no mucho. Lloviznaba nada más. Pero bastó para que me empapara el cabello y los pies. Caminé hasta la estación. Ahí es donde solía encontrarme con papá. Quise llamarlo de camino, pero ya sólo hay teléfonos de tarjeta. Lo mismo en el vestíbulo de la estación. Y yo sólo tenía monedas en el bolsillo. ¡Empezábamos bien!

El gran reloj marcaba las 23:11 horas. Empujé la puerta del Café de los Viajeros. Era el único sitio desde donde podía llamar a papá. El lugar estaba vacío, a no ser por un anciano sentado frente a un vaso de vino tinto. Dormitaba y parecía ausente.

Fui hacia el mostrador. El mesero leía su periódico.

–¿Puedo hacer una llamada? –pregunté.

–¿Estás sola? –dijo mirándome de frente.

–No, mi papá va a venir por mí…

Volvió a hundir la nariz en su periódico.

–El teléfono es sólo para los clientes –dijo entre dientes.

–¡Justamente le iba a pedir una malteada de chocolate! –contesté.

Extendió el brazo para echar a andar el medidor de llamadas y suspiró:

–La puerta del fondo…

–Con popote, la malteada –le aclaré.

El teléfono estaba en el baño. Pensé en secarme el cabello con la toalla que colgaba de la pared, pero estaba demasiado sucia. Descolgué la bocina y marqué el número de papá, lista para gritar "auxilio". Me preguntaba cuál sería su reacción… Después de tres timbrazos entró la llamada.

–Bueno, ¿papá?

Hubo un corto silencio, y luego oí:

"Hola, estás hablando a casa de Jacques Bertrand"… –¡Caray!… ¡Su contestadora!–: "… estaré fuera hasta el sábado. Puedes dejarme un mensaje después de escuchar el *bip*. Hasta pronto."

Fuera hasta el sábado… ¿Cuándo se había visto una situación así: que el padre saliera de vacaciones el día en que su hija decide fugarse? A mi padre todo le sale mal. Por eso le negaron mi custodia en el juicio… ¡se equivocó de hora! Eso deja siempre muy mala impresión…

¿Qué sería de mí hasta el sábado? Estábamos apenas a lunes. Ni pensar en volver a casa, ya no era mi casa. ¿Y qué sucedería con mamá? De seguro llamaría a la policía…

Colgué. No tenía caso que me quedara ahí plantada con el teléfono en la mano, grabando mi silencio en la contestadora. Pensé: "No me queda más que beber mi malteada". Y eso hice. ◆

◆ VOLVÍ a entrar en el café, con el rostro descompuesto. El viejo seguía allí. Ahora sí estaba dormido, aplastado sobre la mesa. Pero ya no éramos los únicos en el café. Un muchacho se había sentado a dos o tres mesas de mí. Era más o menos de la edad del primo de Carola, del que estoy enamorada; pero es un amor imposible porque él tiene veintidós años.

Revolvía su malteada de fresa con una cuchara larga de plástico verde. Tomé mi vaso de la barra y me senté cerca de la rocola. Colgué mi mochila del respaldo de la silla. Tenía que pensar. Para darme ánimos, eché una moneda en el aparato y escogí una canción de Alain Souchon. No es que me encante, pero su voz me relaja: se parece a la de papá. Mordí el popote con los labios y empecé a sorber mi malteada.

Cuando acabó la canción, aún no sabía qué hacer. Por un momento pensé en esperar a mi papá en casa de Paulina. Es su amiga, pero no viven juntos. Además, ella no tiene la menor pretensión de volverse mi madre postiza. La quiero mucho. Estoy segura de que aceptaría darme asilo. Traté de llamarla, pero tampoco estaba.

Volví a programar la canción, y pensé: "¡Ey!, voy a jugar un *flipper* para concentrarme mejor. Soy la reina del *flipper*: papá fue quien me enseñó a jugarlo. Es un "juego de guerra", mi favorito. En cuanto empecé a deslizar la moneda en la ranura, el mesero, que todavía estaba con la nariz metida en el periódico –al parecer se lo aprendía de memoria–, gruñó:

–¡Oye, mocosa!, los juegos están prohibidos para los menores de dieciséis años no acompañados de un adulto.

Lo decía para molestarme. Me había dejado entrar en el café, y también hubiera podido dejarme jugar.

Al otro extremo de la sala, el muchacho se puso de pie.

–¿No ve que *sí* viene acompañada? Soy su hermano.

Se acercó a mí mientras el mesero se alzaba de hombros farfullando algo.

–¿Me invitas un partido, hermanita?

Contesté:

–De acuerdo, pero me toca el primer nivel.

Asintió con un movimiento de cabeza y lancé la bola. Hubiera podido hacer un gran juego. Agotar el contador fácilmente; ya tenía 345 000 puntos, pero entonces llegó el dueño del cafe.

–¿Qué demonios haces tú aquí?

Me sobresalté. Mi dedo resbaló del botón, haciendo que se me escapara la bola. Se acercó y gritó:

–¡No quiero tipos como tú en este lugar! Tienes dos segundos para largarte.

Se dio cuenta de que allí estaba yo…

–Y llévate a esa mocosa contigo. ¡No estamos en un kínder!

Ese día empezaba a pesarme. Mi hermano adoptivo se inclinó y me dijo:

–Creo que es mejor que nos vayamos…

Recogí mi mochila y lo alcancé en la calle. El reloj de la Sociedad de Transporte Ferroviario marcaba las 11:46 de la noche. Ya casi era martes. Caminé junto a él.

–Oye, como que no le gustas mucho al dueño del café… –señalé.

Alzó los hombros:

–Ya es tarde, deberías volver a tu casa.

–Ya no tengo casa… –suspiré.

–¿Dónde vas a dormir?

–Creo que en la estación.

–Puedes venir a mi casa.

Ya no dijimos nada. Era más bien callado. Mientras tanto consideraba: "¿Voy o no voy? No parece malo…" Aunque sí me parecía extraño. En ese momento no hubiera sabido decir por qué. Ahora sí lo sé. Era infeliz. Tan infeliz que no se podía leer otra cosa en su rostro.

Decidí aceptar la invitación: si me quedaba en el vestíbulo de la estación, la policía me llevaría en dirección a Elnopapá. ¡Ni pensarlo!

Seguimos caminando en silencio. La lluvia había cesado; yo trataba de brincar los charcos. A él le importaban un comino.

–¿Cómo te llamas? –me dijo al fin.

–Roxana, ¿y tú?

–David. ◆

◆ SU DEPARTAMENTO era minúsculo. Una recámara con un bañito con sólo una ducha y un lavabo. Más bien cochambroso. Trató de poner orden y movió dos o tres cosas de un lado a otro.

—Perdona el desorden —dijo—. No pensé que fuera a venir una invitada esta noche.

Mientras le contestaba que no había problema, sacó una cobija de un ropero.

—Ahora tienes que dormir. Puedes acostarte en el sofá.

Y me miró.

Fue entonces cuando empecé a sentir miedo. De repente me pareció que tenía una cara extraña, con sus ojos hundidos y ojerosos, sus mejillas chupadas y su aire ausente. ¿Y si me hubiera topado con un maniático?

Ya había leído en el periódico historias de orates que hubieran podido atacarme. ¿Por qué lo había corrido el dueño del café? Había dicho: "muchachos como tú". ¿De qué tipo de muchachos hablaría? Debí haber desconfiado. Tenía un nudo en la garganta, y en mi interior se instalaba el pánico. Mi corazón empezó a latir un poco más rápido. Quería irme pero no me atrevía, no fuera a ser que se alterara. Pensé: "Que no te gane el miedo, huirás cuando esté dormido".

Me acosté donde me indicó, encima de un sofá amarillo y sucio, pero me quedé con la chamarra y los tenis puestos. Me tapé con la cobija y me aferré a mi mochila, que no había soltado ni un momento.

Cuando lo vi dirigirse hacia la puerta arrastrando los pies y correr el cerrojo, en verdad me asusté. Dije entre dientes:

—Por favor, ¿podrías dejar abierto? Es que no soporto estar encerrada...

Quitó su mano del cerrojo y volteó a verme.

Perdóname, David. Realmente pensé que tenías malas intenciones. No podía adivinar que el único al que podías hacer sufrir era a ti mismo. ¿Me entiendes?, tenía miedo.

Dejó la puerta entreabierta. ◆

◆ CERRÉ los ojos para que David creyera que estaba dormida. No tenía la menor intención de dormirme. Si no, ¿cómo podría escaparme? Pero el sueño no llega o se va cuando uno quiere, y el ángel del sueño se aferraba a mí como si no tuviera otra cosa que hacer hasta la mañana siguiente. Yo sentía la cabeza entre nubes. Ya no sabía bien si estaba soñando o no.

Al mismo tiempo que me resistía al sueño, seguía los movimientos de David con el oído. Lo oí servirse agua de la llave. La imagen de mamá llorando se quedó fija en mi mente. Él se desvestía y yo pensaba: "¡Si ella logró avisarle a papá, debe estar muy preocupado!" El apagador hizo *clic*. Me imaginé a Elnopapá hecho una furia, jurando que me daría la tunda de mi vida. El colchón rechinó; David se había acostado. Me quedé un momento pensando en cuando vivíamos los tres juntos, papá, mamá y yo, y que nos queríamos los tres. Era bonito. ¿Por qué será que el amor no es para toda la vida?

Ya no había ruidos. Alcé los párpados, un poco nada más, para poder mirar entre las pestañas.

La ventana no tenía postigos. Allá afuera, el viento se había llevado las nubes. De vez en cuando todo se volvía rojo por un anuncio de neón que se prendía y se apagaba en la calle. Miré bien a David mientras contaba despacio en mi cabeza. Cuando llegara a quinientos, me levantaría y me iría. Pero mi escape falló. No había llegado a doscientos todavía, cuando David se incorporó de repente. Dirigió la vista hacia mí. No me moví ni un centímetro. No se dio cuenta, y yo continué observándolo.

Fue a buscar algo en el fregadero. Era una cucharita, la distinguí cuando regresó a sentarse al borde de la cama. Volvió a echar una mirada hacia mí. Con la cuchara, tomó un poco de agua de un vaso que había sobre el buró. La colocó junto a la lámpara y pasó una mano por debajo del colchón. Sacó una bolsita de papel blanca. No era realmente una bolsita sino más bien una hoja doblada en cuatro. La abrió con gran precaución, y la inclinó encima de la cuchara. Luego tomó un encendedor y pasó la llama por debajo de la cucharita, para calentar lo que había en su cuenco. Volvió a poner todo junto a la lámpara.

Todo eso me dio escalofríos, porque ya me imaginaba lo que estaba preparando. Lo había visto en el cine, en una película policiaca, sólo que esta vez era de verdad. Así que cuando abrió el cajón yo sabía lo que sacaría de ahí, y cerré los ojos con fuerza. Tan fuerte que mi frente debe haber tocado mi nariz. Odio las jeringas.

Detesto las inyecciones, desde que tengo memoria. Mi mamá es enfermera, y cuando era chica, me llevaba a sus visitas. He visto cómo inyectan a decenas de personas con agujas de todos los tamaños. Pero nunca me acostumbré. Nunca. Siempre me daban ganas de vomitar. Me tapaba los ojos con las manos, dejando los dedos separados para poder ver algo de todos modos. Me horrorizaba, pero no podía dejar de mirar. A la gente le parecía cómico: era la "payasita" de la enfermera. Algunos hasta exageraban los gritos de dolor para hacerme estremecer, como si fuera un juego. A mí se me revolvía el estómago todavía más. Hasta el día en que de veras vomité sobre la alfombra cuando vi cómo inyectaban a una ancianita. Dejé de ir con mamá. Una jeringa me aterra más que una pistola.

Pero David no era una enfermera. Su jeringa era para drogarse. Y nada más de imaginármelo se me revolvió el estómago, como entonces.

David, me pregunté tantas veces por qué hacías eso. Creo que lo entiendo cuando pienso en aquella noche: ni siquiera en tu cama lograbas ya soñar. ◆

◆ Cuando desperté, el sol brillaba en el departamento. Lo ocurrido la noche anterior me parecía muy lejano, mis miedos también. De noche, nada se ve como de día. No todo era tan dramático, a fin de cuentas. Me sentía más bien contenta. Un lugar en donde no se deja ver la cara de Elnopapá se asemeja al paraíso. Sobre todo que por la mañana tiene un aliento que, si te da en la cara, te desmayas en el acto. Además papá estaría de vuelta pronto. Así que ¿por qué no esperarlo aquí? O tal vez mamá había logrado avisarle y él ya estaría en su casa.

David dormía aún. Me daba la espalda. El teléfono estaba sobre el linóleo. Lo recogí y marqué el número de papá. De nuevo, la contestadora. El número de Paulina. Nadie. Estaba a punto de colgar pero me detuve. Dudé un momento, y luego marqué un tercer número. Contestaron de inmediato.

—¿Bueno?

No contesté.

—¿Bueno?… ¿Roxana?… ¿Eres tú, Roxana?…

Los sollozos ahogaban su voz.

—Sí —dije en voz baja para no despertar a David.

—¡Mi amor!… ¿Dónde estás? ¿Estás bien? ¿Dónde estás, Roxana?

–No te preocupes, mamá, voy a esperar a mi papá.

Y colgué, porque tenía los ojos húmedos y no quería dejarme ablandar.

Me levanté. La jeringa estaba tirada al pie de su cama. Miré su rostro. Por momentos parecía un niño pequeño, con una sonrisa en la comisura de los labios. Pero de pronto su expresión se crispaba, como si estuviera sufriendo.

Tuve tiempo de preparar el desayuno antes de que se levantara. Hice mi mejor esfuerzo con lo que encontré en la raquítica alacena. Chocolate con agua y pan tostado sin nada. No me atreví a usar la mantequilla, por su color y su olor. Puse un poco de orden. Tiré la jeringa al basurero, sosteniéndola lo más lejos posible de mí, entre el pulgar y el índice.

Cuando ponía los tazones en la mesa, David despertó de su extraño sueño. Bostezó y me sonrió:

–… 'días, hermanita. Pensé que ya no estarías por aquí.

–Se me olvidó irme –dije mientras servía el chocolate.

Entonces se puso a bromear, como si realmente hubiera sido su hermana de nacimiento.

–¡Guau!… –dijo, mirando a su alrededor–. Óyeme, eres una verdadera hada del hogar. No olvidaré pedirle tu mano a tu papá…

Se levantó. Tenía la apariencia desmejorada de alguien recién levantado.

Alcé los hombros:

–Hoy en día, es a la chica a la que se le pide eso, no al papá.

Se rascó la cabeza para tratar de acomodar sus cabellos. O tal vez tenía comezón.

–Es cierto… –murmuró.

Se arrodilló frente a mí, con una mano sobre su corazón.

–Señorita Roxana –declamaba como en el teatro–, es para mí un honor pedir su mano. ¿Acepta usted ser mi esposa, poner orden en mi estudio, preparar mis comidas y lavar mis calcetines hasta el fin de su vida?

Cuando se olvidaba de ser infeliz, David era divertido.

–¿Qué te has creído, que voy a casarme con un muchacho que tiene mantequilla rancia en su alacena? –le contesté.

–Tienes razón, hermanita… tienes razón…

Se puso de pie, se veía decepcionado, realmente decepcionado.

Yo no entendí nada. Tal vez se imaginó que yo podía aceptar

–¿Sabes?, de cualquier manera soy demasiado chica para casarme –dije por si las dudas.

Ése era el problema con David. Estaba contento, y un instante después ya estaba triste.

Nos habíamos sentado a la mesa. Empecé a comerme mi pan tostado, y él se quedó inmóvil, con la mirada perdida, ausente. Pensé en el anciano del Café de los Viajeros.

–Se va a enfriar tu chocolate…

Su mirada volvió a animarse. Se llevó el tazón a la boca. Vi los moretones en sus brazos, en donde las jeringas habían jugado a los dardos. No pude quedarme con la boca cerrada.

–No estaba dormida ayer cuando…

Me interrumpió:

–Ya lo sé. No debí haber… No enfrente de ti… –Bebió un sorbo–. …pero no pude esperar.

Tras un largo silencio, le pregunté:

–¿Por qué haces eso, por qué te…?

No me salía la palabra de la boca.

–¿Que por qué me drogo, hermanita?

En sus labios había de nuevo una sonrisa, triste; la de un payaso enharinado.

–Por culpa de los "porqués", justamente…

No entendía aún lo que quería decir. Susurré, con los ojos clavados en mi tazón:

–No deberías… No es agradable tener moretones en los brazos.

Se apoyó en los codos para inclinarse hacia mí y darme un beso en la frente. Luego añadió:

–Esos moretones no son nada comparados con los que tengo en el corazón.

Y se metió al cuarto de baño. Desde la ducha me gritó, para que pudiera oírlo:

–Por cierto, ¿qué estás haciendo aquí? ¿Por qué no te vas a tu casa?

–No te metas –le contesté–. También es una historia de corazón amoratado.

David, me gustaba que me llamaras "hermanita". ◆

◆ HASTA el final, nunca me hizo preguntas ni sobre mi familia ni sobre los motivos de mi huida. Tal vez le importaba poco: pensaba que todo eso era asunto mío, que no tenía por qué rendirle cuentas a él, que a los doce años tenía derecho de estar donde se me antojara. Cuando le pregunté si me podía quedar hasta el final de la semana, contestó simplemente:

–¿Necesitas esconderte?

–¡No!… Bueno… sí, un poco…

–Quédate todo lo que quieras, hermanita.

Entonces le prometí que le iba a hacer una carlota de chocolate para agradecerle, y llamé a la contestadora de papá para dejarle la dirección y decirle que me viniera a recoger en cuanto llegara.

El martes por la tarde fuimos a bañarnos. Bueno, más bien yo.

Estaba harta de ese cuarto. Me aburría mortalmente. Me dieron ganas de darme un baño. No había bañera en casa de David y el lavabo era algo pequeño… Él estaba escuchando música, con unos audífonos sobre las orejas; desconecté los audífonos y le pedí:

–Llévame al estanque.

Se volvió a mirarme, sorprendido.

–¿Qué dices?

–Que tengo ganas de bañarme, llévame al estanque.

Suspiró:

–No tengo ganas de salir... además creía que te estabas escondiendo...

–El estanque está lejos, y nunca hay nadie allá. ¡Anda, sé bueno, llévame!

–Otro día, Roxana.

Puse cara compungida.

–Anda, hermanito grande...

Eso funcionó. Dejó los audífonos en la cama.

–Bueno... ¿dónde está tu piscina?

–¡No es una piscina, es un estanque!

Solíamos ir allí de día de campo los domingos, cuando yo era pequeña. Llegábamos muy temprano por la mañana. Papá y yo pescábamos y luego encendíamos una fogata mientras mamá preparaba los pescados. Y si no habíamos pescado nada, comíamos huevos duros. A la hora de la siesta, dormíamos sobre una cobija extendida en la hierba, y yo los oía darse besitos.

–A treinta kilómetros de aquí en la montaña.

–¡Pero no tengo coche!

–¡Ay, no! ¡No es posible! ¡Que me lleves al estanque, te digo!

Se levantó y salió gruñendo entre dientes un "Ahora vuelvo". No sé por qué insistí tanto: no suelo ser caprichosa. Creo que tenía ganas de sentir el aire fresco, de enseñarle un lugar bonito, lejos de ese cuarto mugroso. Por eso fue.

Lo oí tocar en casa del vecino, y volvió haciendo sonar unas llaves en la mano. Tan sonriente como poco amigable había estado hacía dos minutos, dijo:

–¡En marcha, princesa!

Estaba tan contenta que lo abracé y le di un beso. Aunque luego sentí que había sido demasiado atrevida. No hacía ni veinticuatro horas que nos habíamos conocido.

Se puso su chamarra, la que llevaba siempre que salía, para que nadie viera sus brazos. Tomé mi bolsa y bajamos las escaleras de cuatro en cuatro. Cuando llegué abajo me detuve en seco y le pedí que echara un ojo afuera en la calle. Tenía miedo de que estuviera llena de policías, con sus fusiles al hombro, como el día en que los gángsters asaltaron el banco que está junto a mi casa. Pero no había nada sospechoso. Apenas divisamos el coche y ya estábamos subidos en el R5 rojo. Me acosté en el piso en la parte de atrás, hasta que salimos de la ciudad, y luego trepé por encima del sillón delantero para pasarme al lado suyo. Viajamos con las ventanas abiertas de par en par y el viento hacía bailar nuestro cabello. Bueno, no tanto el suyo, porque lo tenía más bien corto.

Manejaba despacio. Teníamos tiempo de escuchar a los grillos, y los rayos del sol nos calentaban por el parabrisas. Era como si me hubiera escapado de la cárcel. Bajé la visera y me miré en el espejo. Sonreí. De reojo, miré a David en el espejo retrovisor. Su rostro no se veía cansado, a pesar de sus mejillas hundidas. Nos sentíamos de veras bien. Entonces pasé mi brazo sobre su hombro, porque de verdad hubiera podido ser mi hermano.

Estacionamos el coche cerca de un campo y subimos a pie por un camino empedrado estrecho. Al llegar arriba, descubrimos el estanque en medio de los árboles y los pinos. Era más hermoso que un cuadro. ◆

◆ –¡EL ÚLTIMO en llegar al agua lava los trastes esta noche! –grité.

Corrí hasta la orilla del estanque. Me desvestí a toda velocidad. Sólo me dejé el calzón porque no tenía traje de baño, y luego me eché al agua tratando de salpicar lo más posible. Estaba fría y sabrosa. Me volteé y vi a David de pie, con las manos en los bolsillos de su chamarra.

–¿No vienes? –le pregunté.

–No, no... No me gusta el agua... Tenías razón, está muy bien este lugar.

–Pues sí, tenía razón, y a ti te tocan los trastes esta noche.

Se rió:

–¡A tus órdenes, manita!

Me deslicé debajo del agua, con los ojos abiertos. Cuando volví a salir, sacudí mi cabello. Luego hice muertito mirando al cielo y siguiendo los movimientos de los peces. Mis penas se habían ido. Me había convertido en sirena. Pertenecía al estanque, tan sólo a él, no al otro mundo.

Pero era sólo una ilusión. Entonces nadé para volver a la orilla. Cuando pisé suelo caminé lentamente para sentir mi cuerpo saliendo poco a poco del agua y mi cabello que chorreaba.

David estaba sentado con las piernas cruzadas, masticando una hoja de hierba. Eso me enfureció, porque me estaba mirando. Miraba mi cuerpo. Y detesto que los hombres me miren como si fuera una mujer, porque todavía no lo soy. Me tienen harta. Como esa vez que Elnopapá entró al baño. Se me había olvidado echar llave. Estaba completamente desnuda, acababa de darme una ducha. Echó un silbido, y exclamó: "¡Pero si ya es toda una señorita nuestra Roxanita!" Me dio tanta pena que no supe qué contestar. Me envolví en una toalla y fui a refugiarme a mi cuarto. Su risa me siguió hasta debajo de las cobijas. Lloré durante una hora por lo menos, apretándome el pecho con los puños, para tratar de sumirlo, pero evidentemente eso no funcionó.

La mirada de David me hacía sentir realmente apenada. Me ruboricé. Recogí sin tardar mi ropa, y fui a vestirme atrás de unos árboles.

Cuando volví, él trataba de hacer patitos en el agua, sin éxito. Me acerqué. Desató su bufanda y la usó para secarme el pelo. Luego tomó mi mano y dijo:

—Eres muy linda, hermanita.

Y nos fuimos de regreso en el coche. ◆

◆ ¿POR QUÉ tuvo que llegar la noche?

Regresamos al estudio como a las seis de la tarde. En el camino de regreso, David no dijo una palabra. Parecía ausente otra vez. Se tumbó en el sofá y trató de leer. Pero estaba nervioso; entonces dejó el libro y se puso a dar vueltas como fiera enjaulada por todo el departamento.

Quise comunicarme con mamá, para que no estuviera preocupada, pero contestó Elnopapá. Así que no dije nada. En casa de papá y en la de Paulina no había nadie otra vez. Debían haberse ido de vacaciones juntos. Me empezó a dar hambre. David se mecía en su mecedora.

−¿Qué comemos? −pregunté.

No me contestó. Fui a hurgar en la alacena y en el refrigerador: todo estaba vacío. Volví a hacer mi pregunta, pero me pareció que una vez más no la oyó. Entonces me puse a mordisquear un pan tostado, y saqué mi cuaderno de secretos de mi mochila para escribir todo lo que me había sucedido desde el día anterior. Estaba sumida en mis pensamientos, por eso me sobresalté cuando dijo:

−¿Tienes hambre?

−Hace una hora que te estoy preguntando qué vamos a comer…

—No hay nada. Ven, vamos a comer un sándwich en algún lado.

No tenía ganas de ir. No me gustaba el aspecto que tenía desde que empezó a anochecer, y sentía miedo de encontrarme con alguien que me conociera, allá afuera. Pero tenía hambre, y las rebanadas de pan tostado sólo habían servido para abrir boca.

Poco después estábamos sentados en la terraza de un café, frente a una malteada de chocolate, otra de fresa y dos sándwiches gratinados. Ya era de noche. David saludó de lejos a dos o tres personas. Aún se veía muy nervioso. No paraba de moverse sobre la silla. Bostezaba todo el tiempo. Así es como me di cuenta de que le faltaban las muelas del fondo.

—¿Esas muelas se te cayeron por la caries? —pregunté.

—Mmm, mmm —fue su respuesta.

—¿Y por qué no vas a que te las arreglen? —añadí, porque ya estaba harta de que estuviera sentado sin decir nada.

—No tengo ganas de hablar, Roxana.

Lo odié. ¿Por qué se portaba mal conmigo? Yo no le había hecho nada.

Se puso de pie para ir al baño. Yo estaba harta. Pero vi a unos enamorados darse un beso frente a mí, y pensé en lo que David me había dicho en el estanque, que le parecía bonita. Entonces tuve ganas de ponerme más bonita para él, para que se pusiera contento de nuevo.

Tomé mi mochila y también yo fui al tocador. Había una luz de neón que no dejaba de parpadear y de hacer un ruido como de fritura. Además, olía mal.

Frente al espejo, me puse los aretes que me dio papá. Y como encontré el lápiz labial de Carola cuando escarbaba en mi mochila, me pinté la boca toda colorada. Pensé que a David le gustaría. Me veía hermosa como una reina en el espejo.

La puerta del baño se abrió. Salió él, y le sonreí para gustarle. Pero no entendí nada, porque pasó de largo sin decir nada, sin mirarme siquiera. Lo llamé.

–¡David! –No volteó. Entonces vi la jeringa en el piso. No pude despegar mi mirada de ella. Alguien se tropezó conmigo y me impedía el paso. Alcé la cabeza y me vi en el espejo. Me veía fea con los ojos empapados y la boca mal pintada. Sentí vergüenza.

Entonces me pasé la manga de la chamarra por los labios, frotándolos fuerte para quitar el bilé.

Cuando regresamos al estudio, David se echó sobre la cama. Yo me acosté en el sofá con mi osito en brazos. Deseé no haberte conocido, David. Quería que papá viniera por mí. ◆

◆ MIÉRCOLES. Nos quedamos en el departamento. Como todos mis amigos no iban a clases ese día, preferí no aventurarme demasiado. Debían estar en pie de guerra buscándome. Al menos es lo que imaginé. David y yo casi no cruzamos palabra. Claro que estuvo buena parte del día durmiendo. Yo me la pasé frente a la tele. Por suerte ahora hay programación matutina.

De cualquier modo, salí un rato hacia el mediodía. Me dolía la cabeza hasta la punta del pelo y además tenía que ir de compras: el refrigerador no se había llenado solo durante la noche. No quise despertar a David. Esculqué su chamarra y encontré un billete de cien francos todo arrugado, al fondo de uno de sus bolsillos.

Cuando estuve en la calle, tal vez porque la gente tenía un aire de felicidad, o por el sol, tuve la impresión de estar escapando de una pesadilla, como si David nunca hubiera existido. Estuve a punto de irme, no sabía a dónde, pero irme. Sólo que al pasar frente a la vitrina de una tienda descubrí un cartelito amarillo pegado con cinta adhesiva: S.O.S. DROGA. NO ESTÉ SOLO, y había un número de teléfono. Creo que por eso me quedé.

En la tienda de abarrotes, compré una lata de fabada, jugo de naranja, y crema; me encanta. En el momento de pagar, sentí ganas de hacerle un regalo a David, para reconciliarme con él, para que volviera a ser chistoso. Así que le compré una bolsa de dulces, caramelos suaves, por lo de sus muelas.

Cuando abrí la puerta, lo vi hecho bola en un extremo del sofá. Tenía las rodillas apretadas bajo la barbilla. Le ofrecí la bolsa de dulces:

–Ten –murmuré– es para ti...

Ni siquiera volteó. Su cuerpo entero temblaba. Se veía enfermo, como alguien que tiene gripe. No abrió la boca.

Puse los caramelos suaves junto a él, y me senté en el sofá para mirar la tele. Hubiera querido que habláramos, pero él no podía. Estaba llorando. No dejaba de llorar, en silencio. Creo que ni cuenta se daba. Debía dolerle todo. Todo. Entonces abrí el bote de crema y metí mi dedo en él. ¿Qué más podía hacer?

En la tele había unos anuncios. Precisamente uno contra las drogas. Ése en el que al final el muchacho tira el sobrecito al WC, y jala la cadena. Luego en la pantalla aparece escrito en letras grandes: *La droga es pura basura.*

"¡Caray, se les pasa la mano!", gritó Elnopapá el día que descubrió este anuncio mientras se comía su bistec frente a la tele. "¡Hay niños mirando la televisión a estas horas!"

Elnopapá nunca entendió nada de nada.

Oí que David se reía a carcajadas. Volteé a verlo. Murmuró algo entre el llanto, pero no logré entenderlo.

–¿Qué dices? –pregunté en voz baja.

No contestó. Siguió llorando; llorando y temblando. No durmió en toda la noche. Cada vez que me despertaba, lo oía revolverse en sus sábanas, mascullando palabras incomprensibles. Respiraba muy

agitado. Al amanecer, cuando me levanté, estaba sentado sobre la cama, bañado en sudor. Tenía la camiseta empapada y la mirada perdida. Me entró pánico y, precipitándome hacia él, le tomé la mano:

–¿Qué tienes, David? ¿Quieres que llame a un médico?

–Ne…necesi…to… la… droga… –dijo con dificultad.

Pensé fingir que no había entendido, pero ¿qué caso tenía?

–¿Ya no tienes? –le pregunté.

¡Cómo deseaba no estar allí!

Y añadí:

–¿Quieres que vaya a conseguírtela?

–Di…ne…ro… si no…, ya no… va… a querer…

¡Cómo hubiera querido que papá tocara a la puerta!

–Te voy a traer dinero, David.

Surgió una luz en su mirada. Señaló el teléfono. Lo recogí del suelo y lo puse sobre la cama. Con su mano temblorosa, marcó un número, pero se equivocó y volvió a empezar dos veces. Alzó el auricular hasta su oreja. En un suspiro, murmuró:

–Soy David… Ven…

Y dejó caer la bocina. Tomé mi chamarra que estaba sobre la silla. Cuando estaba en el quicio de la puerta, me llamó:

–Roxana…

Pero no dijo nada más. Salí a la calle.

¡Cómo me hubiera gustado que me dijeras una vez más que era bonita! ◆

◆ ESTABA frente a la casa de mamá, pero durante todo el camino no había visto nada ni a nadie. En mi cabeza no había otra cosa que la imagen de David enfermo sobre su cama. Me zumbaban los oídos y sentía como si tuviera anteojeras. Era exactamente como si atravesara un desierto.

Trepé por encima del zaguán sin preocuparme por los vecinos. De cualquier manera, ese vencindario siempre está vacío durante el día. Subí al techo de la terraza escalando por el canalón. Mi gato estaba echado al sol. Vino a frotarse contra mis piernas. Lo acaricié un poquito nada más. Tenía prisa.

La ventana del baño estaba cerrada. Dudé un momento, pero tenía que entrar. Entonces alcé la pierna y le di un puntapié. El cristal se rompió con estruendo. Pude darle vuelta al picaporte y abrir las hojas de la ventana. Me metí en el cuarto.

Lo primero que vi fueron los pelos de barba que flotaban en el agua jabonosa del lavabo. No es que sea maniática, pero no tiene vuelta de hoja: Elnopapá me da asco.

En cambio, en la recámara de ellos me sentí extraña, sobre todo cuando vi mi foto sobre la mesita de noche de mamá. Si no hubiera sido por Elnopapá, nunca me habría ido. O si por lo menos hubiera

sido un poco más amable. Yo lo intenté. Un día le regalé una corbata por su cumpleaños, pero nunca la usó. Es cierto que era bastante fea, pero de cualquier forma...

Fui también a mi recámara. Todo estaba en orden, hasta mi escritorio, y la cama tendida: todo reluciente. Mi mamá no soporta el desorden. Por una vez, no me exasperó. Me dieron ganas de echarme a dormir.

Volví a entrar en su recámara. En el armario, debajo de una pila de suéteres, había billetes de cien francos. Extendí el brazo, y aunque al principio dudé, luego metí la mitad de los billetes en mi bolsillo. Tenía que ayudar a David.

No necesité hacer más acrobacias para salir de la casa. Descolgué la llave que estaba en la cocina, colgada de un clavo, y me escapé, dejando todo abierto.

Antes de irme, con un plumón azul dibujé un corazón sobre mi foto, para mamá. ◆

◆ CUANDO entré en el estudio, el tipo estaba diciendo:

–Esta vez no me vas a embarcar, David. La lana primero.

Cuando me vio, pareció inquietarse, pero cuando saqué los billetes de mi bolsillo se relajó enseguida y dijo con una risotada:

–¡Mira nada más, cuate, te las consigues cada vez más jovencitas!…

David ya no podía hablar. Se retorcía en su cama como si fuera a hacerse chicharrón. Sus ojos gritaban su dolor. Lloraba. Sudaba. No dejaba de arañarse los brazos. Su rostro estaba todo chupado. No lo reconocía. El otro abrió el cajón para tomar la jeringa. La imagen de la ancianita que se inyectaba me cruzó por la mente y sentí náuseas. Bajé saltando las escaleras y corrí hasta la calle. Corrí y corrí hasta el canal, el canal de Saint-Martin, que es tan bonito.

Me paseé por la orilla toda la tarde, hasta bien entrada la noche. De vez en cuando me sentaba frente al agua sin pensar más que en el agua. Me acostaba sobre el pasto, cerraba los ojos y me contaba historias en las que cabalgaba por la playa, historias en las que era tan hermosa que hasta las flores volteaban a mi paso.

Estaba galopando cuando sentí que algo me hacía cosquillas en la punta de la nariz. Abrí los ojos. Una catarina me obligó a hacer

bizco. La acaricié suavemente con la punta del dedo índice. No tuvo miedo y se subió a mi dedo. La puse junto a mi boca para decirle algo. Le dije que estaba muy bonita con su vestido rojo, y que a mí también me gustaría ser una catarina. Seríamos amigas y volaríamos juntas a darle la vuelta al mundo, por lo menos hasta China. Luego murmuré: "Catarinita, vuela, ve a decirle a mi papá que venga por mí".

Estaba llorando. Soplé sobre la punta de mi uña. Abrió sus alas y se fue. Más tarde, cuando le pregunté a papá si había llegado hasta él, me contestó que no. Pero estoy segura de que le llevó mi mensaje. Sólo que él no la vio ni la oyó. Es tan chiquita una catarina... ◆

◆ LA NOCHE había caído ya cuando decidí regresar al departamento de David. No me atreví a entrar. Toqué a la puerta. Vino a abrirme.

—Buenas noches, hermanita... pensé que te habías ido a casa.

Parecía no recordar nada de lo que había pasado esa mañana. Parecía feliz de verme. Había recuperado la calma. Nunca lo vi tan sereno como esa noche.

—¿No me habías prometido una carlota de chocolate? —me preguntó, haciéndome un guiño—. ¡Anda, a trabajar!

Había puesto sobre la mesa todos los ingredientes necesarios: no faltaba ni uno. No sé cómo le había hecho, pues no tenía un solo libro de cocina en su casa. Tal vez conocía la receta de memoria, aunque pareciera extraño.

Estaba tan contenta de verlo que inmediatamente puse manos a la obra. Mientras colocaba las lenguas de gato en el molde (las mejores carlotas se hace con lenguas de gato), dije:

—¡Qué mal me cayó el tipo de esta mañana!

Él estaba frente a la tele.

—¿Qué?

—Que me cayó muy mal el tipo de esta mañana —repetí.

Se alzó ligeramente de hombros:

—Ah… Jean-Paul.

No había olvidado nada.

—¿Sabes? Era un artista, Jean-Paul... Llegó a pintar unos cuadros maravillosos.

—¿Y lo dejó? —pregunté mientras vertía la crema.

—Sí... ya no logra pintar.

Hice una pausa y agregué:

—¿Por culpa de la droga?

—Ajá —masculló—. Le robó las ganas de pintar. Es tan celosa...

—Ya lo sé —dije, colocando el molde en el refrigerador—. Nos dieron un curso sobre eso en la escuela. Parece ser que cuando uno se droga ya no puede hacer nada.

—Bueno, eso no es totalmente cierto. Cuando Jean-Paul empezó a drogarse con heroína, pintó unos cuadros extraordinarios. Tal vez los más hermosos... —Reflexionó un instante—. ¿Cómo podría explicarte?

Me había sentado junto a él en el sofá. Y el muchacho que nunca decía una palabra, se puso a hablar y hablar. A hablarme a mí.

—¿Sabes lo que es un pacto con el diablo?

Negué con la cabeza.

—Es algo que cuentan con frecuencia las historias de la Edad Media. En ese entonces creían mucho en el Infierno y en el Paraíso…

—Ésas son tonterías —dije.

Sonrió

—No estoy tan seguro… En esa época se decía que si deseabas una riqueza o un amor inalcanzable, podías hacer un pacto con el diablo. Él te concedía lo que querías. Pero, a cambio, el trato era

que vendría algún tiempo después a tomar posesión de tu alma, y que te convertirías en servidor suyo para toda la eternidad. Claro que todo eso acababa siempre muy mal, porque cuando ya la persona gozaba de riquezas, de dinero o de amor, no quería cumplir con su deuda y morir. Pero era imposible volverle a comprar su alma al diablo. Sólo unos cuantos lo lograban con ayuda de un hechicero. Los demás se debatían como locos, pero en vano.

Y agregó:

—¿Sabes?, la riqueza de Jean-Paul era su pintura. Por ella vendió su alma.

—Pero entonces —pregunté—, ¿tú también hiciste un pacto con el diablo?

No contestó inmediatamente. Tenía los ojos húmedos.

—¿Con el diablo?... Creo... que sí...

—¿Pero a cambio de qué?

—No lo sé... ya no lo sé...

—¡No es demasiado tarde! —dije con fuerza—. Te ayudaré a deshacerlo, y ya verás qué cara va a poner tu diablo!

Me apretó contra sí y murmuró:

—¡Cómo quisiera, hermanita... cómo quisiera!

Así nos quedamos dormidos. ◆

◆ VIERNES. Me preparó un desayuno de reyes, con velas en el centro de la mesa. Sí, ya sé que en general es la cena la que se hace con velas. Pero qué tiene de malo.

Entre las velas, mi carlota reinaba como una estrella de cine. El té humeaba en la tetera, y el jugo de naranja estaba servido en los vasos. Había hasta un pequeño ramo de flores. David estaba feliz con su sorpresa. Yo pensaba que todo se arreglaría. Papá regresaría al día siguiente, le hablaría de David, lo ayudaríamos.

–¿En qué piensas, hermanita?

–En las vacaciones. Acamparemos junto al mar con mi papá. Podrías venir. Estoy segura de que te llevarías bien con él. Y también pasearemos en barco...

–¿Por qué no? –dijo, con ojos soñadores.

Realmente pensé que todo se arreglaría.

Pasamos la mañana leyendo cómics, Mis preferidos son *Blueberry y Jeremiah*. Hacia mediodía alzó la nariz de su lectura, para decirme:

–Me está dando un poco de hambre, ¿podrías ir a hacer unas compras?

Me dio un billete. Mientras bajaba, pensé: "Se me antojan unos espaguetis a la boloñesa", pero como no tenía ganas de prepararlos, me decidí por una pizza.

El cielo se había nublado: amenazaba tormenta. Me gusta la lluvia, lo limpia todo. Fui a encargar una pizza al señor de la camioneta "Pizza - Papas Fritas - Bebidas", estacionada en la plaza.

—¡Cinco minutos de espera, señorita!

Sobre el poste de la luz, ahí al lado, había un cartelito, el mismo que había visto dos días antes en la vitrina de una tienda. Me dio una idea.

—La pizza, ¿con aceite picante?

Indiqué a señas que sí. La guardó en una caja de cartón, y me la llevé.

En vez de regresar inmediatamente al estudio, me detuve en una cabina telefónica de monedas, que seguramente se les había pasado cambiar. Puse la pizza sobre la repisita y marqué el número.

—S.O.S. DROGA, buenos días, puede usted hablar.

—¿Puedo no decirle mi nombre? —pregunté.

—Las llamadas son anónimas, no le pedimos nada. Puede usted hablar.

Entonces les conté todo, que conocía a David, que se drogaba, y pregunté qué había que hacer para que lo dejara. La voz al otro lado de la línea era muy suave. Me dijo que había hecho bien en llamar, y que si quería ayudar a mi amigo, lo que podía hacer era darle ese número y decirle que podía llamar tanto de día como de noche. Me dio también las direcciones de lugares en donde lo ayudarían sin preguntarle nada, sin crearle problemas.

Anoté todo en la caja de cartón. Luego le di las gracias y colgué. Como la pizza se enfriaba, me apuré, pero no corrí en la escalera, para no exponerme a que se me cayera: tenía hambre.

Bajé la manija con el codo, y empujé la puerta con el pie. Estuve a punto de gritar "a comer", pero no tuve tiempo. David estaba acostado sobre su cama, inmóvil. Su brazo colgaba en el aire, encima de una jeringa rota en las baldosas.

Caminé hasta el refrigerador sin despegar la mirada de él. Puse la pizza dentro. Recogí mi chamarra y mi mochila, y me fui.

Estaba muerto. ◆

◆ Bajé las escaleras apoyando la mano en el barandal; me dolía la cabeza y no sentía los escalones bajo los pies. Todo se veía borroso, como cuando hay niebla; las formas danzaban frente a mis ojos. Yo bajaba y bajaba, pero la escalera no terminaba nunca. No se acababa. Vi una silueta a contraluz abajo, quise ir hacia ella; empezaron a temblarme las piernas, todo me daba vueltas, estaba en un tiovivo enloquecido. Me pareció oír "¡Roxana!" La voz venía de lejos, de muy lejos. Y me desmayé.

Cuando abrí los ojos estaba en la cama de Paulina. Ella me acariciaba el cabello y me hablaba suavemente. Murmuré:

—Paulina... —e inmediatamente—: ¿está muerto?

Afirmó con la cabeza. Rompí en llanto. Me dio un vaso de agua y me pidió que se lo contara todo. Pero no pude: tenía la garganta demasiado cerrada, las palabras no salían. Insistió. Dijo que no debía guardarme esta historia. Entonces hice un esfuerzo y todo empezó a salir atropelladamente: Elnopapá, el Café de los Viajeros, las jeringas, el estanque, el lápiz de labios, la pizza, David. Lloraba tanto como hablaba.

Ella me contó lo que seguía. Que había regresado antes que papá. Que había ido a buscar un libro a casa de él y había escucha-

do los recados en la contestadora: los de mi mamá, el de la policía, el mío. Entonces fue inmediatamente a la dirección que yo había dejado. Llegó en el momento en que bajaba la escalera, y me desmayé en sus brazos. La inquilina de ese piso la ayudó. Me acostaron sobre un sofá. Volví en mí, pero estaba delirando y gritaba: "¡No!, ¡no quiero inyecciones, no quiero que me inyecten!" Entonces llamó a una amiga doctora que de todos modos me puso una inyección, para tranquilizarme. Pero tuvieron que detenerme los brazos y las piernas, porque cuando vi la jeringa me puse como loca. Luego, subió al estudio. Desde ahí llamó a Urgencias. Vinieron por él y se lo llevaron.

Lloré durante buen rato en los brazos de Paulina. Ella me arrullaba en silencio. Luego se me acabaron las lágrimas; las últimas se secaron sobre mis mejillas.

–¿Cuándo regresa papá? –dije, sorbiendo por la nariz.

–Esta noche, o mañana por la mañana. ¿Quieres darte un baño?

Contesté que sí. Se levantó y fue a abrir la llave. Tomé el teléfono y marqué el número de mi mamá.

–¿Eres tú, mamá...?

–¡Roxana! ¡Por favor, dime dónde...!

–Iré a verte mañana con papá.

–Roxana...

–Te mando un beso, mamá.

Y colgué, no tenía ganas de hablar más tiempo con ella. No esa noche.

Cuando alcé la cabeza, Paulina estaba ahí, sonriéndome.

–¡Vamos!, el baño está listo.

Me dejó sola. Me desvestí y me miré en el espejo grande. Es

cierto que empiezo a parecer una mujer. Y por primera vez, me pareció bonito, sólo que cuando era pequeña me sentía triste menos seguido. Me deslicé dentro de la espuma y del agua caliente, y la sensación fue realmente agradable.

Me quedé por lo menos media hora en la bañera. De vez en cuando, Paulina tocaba a la puerta y me preguntaba si no necesitaba nada. Me lavé el pelo y terminé con una ducha fría. Sobre la repisa del lavabo había una botellita de perfume. Olía a vainilla; me puse un poco en el cuello.

–¿Qué te parecería un buen restaurante? –me propuso Paulina.

Tenía un hambre canina, así que no me hice del rogar.

Pronto estábamos en El Loto de Oro, un restaurante chino al que acostumbramos ir con papá. Por cierto que el señor Chang nos reconoció. Me gustan los restaurantes chinos porque se divierte uno mucho con los palitos para comer. Sobre todo porque el señor Chang no pone tenedores, ni siquiera a quienes los piden. El tipo que estaba sentado junto a nosotras estaba hecho un lío, y cuando el germinado de bambú que intentaba atrapar desde hacía cinco minutos acabó sobre su pantalón, Paulina y yo no pudimos evitar un ataque de risa, sobre todo porque ella me había servido un vaso de vino, y ya me lo había tomado.

Luego, hicimos un concurso para ver cuál de las dos dejaba caer menos granos de arroz sobre el mantel. Yo gané, y Paulina también tuvo que comerse su helado con palillos. Hacia el final, ya no había tristeza.

Volvimos a su casa abrazadas, contándonos chistes de cuando éramos chicas, todas las tonterías que habíamos hecho sin que se dieran cuenta nuestros papás, ¡y esta vez ella me ganó!

¿Sabes, David?, en todas esas horas no pensé en ti ni una sola vez.

Ella estaba preparando el té cuando llamaron a la puerta, así que me pidió:

–¿Puedes abrir, Roxana?

Abrí la puerta.

Era papá. ◆

◆ AYER estuve en casa de Carola. Fuimos al cine y comí con ella. Luego nos quedamos platicando; no sentí pasar el tiempo, y papá llamó por teléfono. Estaba preocupado, así que volví a casa.

En la calle, ya se había hecho de noche. Llovía. La calle estaba alumbrada con la luz de los faroles y de los anuncios de neón, y todo eso se reflejaba en los charcos. Saqué mi *walkman* de la mochila, me puse los audífonos y apreté la tecla *start*. Era una canción de Alain Souchon, *La pequeña Bill*, que dice:

La pequeña Bill está enferma,
necesita dar un paseo
con alguien que sería su enamorado
una hora o dos.
Bill, mi Bill, eres como todas las demás,
cuando brota algo de tus ojos, y cae,
y no es confeti,
esa lluvia...

Yo también soy como todo el mundo. Y sentí las lágrimas inundar mis ojos, sin poder hacer nada.

Caminaba. Vi uno de esos carteles de *La droga es pura basura,* extendido a todo lo ancho de un muro, y entendí lo que habías querido decir cuando vimos el *anuncio* en la televisión, David. La droga no es solamente pura basura: es la muerte.

Entonces alcé el rostro, la lluvia golpeó mi cara y le advertí al diablo:

¡Nunca te daré mi alma! ◆

Índice

Un pacto con el diablo de **Thierry Lenain**, núm. 122 de la colección
A la orilla del viento, se terminó de imprimir en los talleres
de Impresora y Encuadernadora Progreso, S.A. de C.V. (IEPSA),
Calzada de San Lorenzo núm. 244; 09830, México, D. F.
durante el mes de octubre de 1999. En su elaboración
participaron Diana Luz Sánchez, edición,
y Pedro Santiago Cruz, diseño.
Tiraje: 5000 ejemplares.

Una sarta de mentiras
de Geraldine McCaughrean
ilustraciones de Antonio Helguera

—Mamá, lee esto —dijo Ailsa extendiéndole el libro abierto;
luego comenzó a caminar por la tienda, al ritmo de los latidos
de su corazón. No podía ser. Él existía. Lo había tocado. Tenía
que existir. La vida de otras personas había cambiado a causa
de él. Hizo un esfuerzo para recordar los diferentes clientes a
quienes Era C. había atendido. ¿Dónde estarían? ¿A dónde se
habrían ido? ¿A quién acudir y pedirle prueba de su existencia?

*Geraldine McCaughrean es una autora inglesa muy reconocida; en
1987 recibió el Premio Whitbread en Novela para niños. En la actualidad
reside en Inglaterra.*

para los grandes lectores

Una vida de película
de José Antonio del Cañizo
ilustraciones de Damián Ortega

El Jefe del Cielo al fin se decidió a hablar:

—Tomad a cualquier hombre del montón y, ¡sacaos de la manga una vida emocionante y llena de acontecimientos!
Sir Alfred Hitchcock dijo:

—Un caballero inglés siempre acepta un desafío. Me comprometo a transformar la vida del más mediocre y aburrido de los hombres que pueblan la tierra en toda una aventura… ¡Una vida de película! ¿Queréis participar en la aventura, compañeros?
—añadió dirigiéndose a John Huston y a Luis Buñuel.

José Antonio del Cañizo vive en Málaga, España. En sus obras combina la corriente realista con el estilo y los recursos de la literatura fantástica: "fantasía comprometida", dice él. Ha obtenido varios premios importantes y sus obras figuran en algunos de los principales catálogos internacionales de literatura infantil y juvenil.

Una vida de película ganó el primer premio del I Concurso literario A la Orilla del Viento.